KB105888

고독하니 고뇌했다

고독하니 고뇌했다

발행일 2020년 7월 16일

지은이 노원준
펴낸이 손형국
펴낸곳 (주)북랩
편집인 선일영 편집 강대건, 윤성아, 최예은, 최승헌, 이예지
디자인 이현수, 한수희, 김민하, 김윤주, 허지혜 제작 박기성, 황동현, 구성우, 권태련
마케팅 김회란, 박진관, 장은별
출판등록 2004. 12. 1(제2012-000051호)
주소 서울특별시 금천구 가산디지털 1로 168, 우림라이온스밸리 B동 B113~114호, C동 B101호
홈페이지 www.book.co.kr
전화번호 (02)2026-5777 팩스 (02)2026-5747

ISBN 979-11-6539-318-2 03810 (종이책) 979-11-6539-319-9 05810 (전자책)

잘못된 책은 구입한 곳에서 교환해드립니다.
이 책은 저작권법에 따라 보호받는 저작물이므로 무단 전재와 복제를 금합니다.

이 도서의 국립중앙도서관 출판예정도서목록(CIP)은 서지정보유통지원시스템 홈페이지(http://seoji.nl.go.kr)와 국가자료공동목록시스템(http://www.nl.go.kr/kolisnet)에서 이용하실 수 있습니다.

(주)북랩 성공출판의 파트너

북랩 홈페이지와 패밀리 사이트에서 다양한 출판 솔루션을 만나 보세요!

홈페이지 book.co.kr • **블로그** blog.naver.com/essaybook • **출판문의** book@book.co.kr

고독하니 고뇌했다

노원준 시집

북랩book Lab

프롤로그

저기 가는 저 사람
내 앞에서 웃는 이 사람
서글피 우는 매미 혹 풀벌레

눈을 감든 뜨든 속이 보이지 않는다
속을 비춰 줄 믿음이란 등불은 진짜 불꽃인가
너와 내가 그려 놓은 색연필 덩어린가

그들에게 비추는 나 또한 같다
어떤 진솔한 얘기를 뱉던 비춰 줄 믿음은 의심되며
근본적인 의심을 지우는 방법은 없다

어쩌면
어쩌면 모두 믿을 수도 있었다

처음 거짓을 말한 존재의 잘못이다
그때의 거짓 한 조각은 믿음에 티를 심었고
영원히 이어질 고독이라는 돌림병을 탄생시켰다

기회는 있었다
거짓을 들켜서는 안 됐다
혹 거짓을 찾은 밀고자의 입을 다물게 해야 했다

본인만 앓고 죽을 수 있었던 고독은
거짓을 말했다는 진실이 퍼지며
만천하에 전염된 것이다.

당신이 세상에 던져 둔 고독을
재량껏 조각해 담았습니다

처음 거짓을 말한 자여, 고독의 아버지여
이 글들이 당신에게 닿기를 바랍니다.

2020. 07. 02.
노원준

차례

프롤로그 4

○ 나는 이렇습니다

완벽한 날 12
나만 알아볼 수 있는 것 14
휴게시간 16
괴물 19
누아르 21
노을 끝자락 23
가시모피 25
마스크 27
쇳덩어리 금덩어리 28
이소 30
안아 33
미완 34
여명 36

○ 당신은 어떻습니까

조의 40

염증 42

세이렌의 부업 44

못난이 팥 46

길쭉이 선인장 48

해 50

나의 바다야 52

장미 54

더위 56

무지개를 등진 남자 58

연민 60

만두 62

스파르타쿠스 64

아사한 악어새 66

소나무 68

단풍나무 씨앗 70

○ 이해받을 수도 할 수도 없지만

미물 74

밀랍날개 76

밧줄 78

평평하고 화목하네 81

2가 아닌 하나하나 83

무르기 없다 86

Virtual 88

당근 채찍 90

마법의 성 92

종교의 탄생 94

청록의 페르소나 96

외로움 98

○ 우린 노력합니다

길 102
다른 우리 105
성장통 108

○ 또 사랑합니다

나만 무너질 사랑 112
뜨거움을 잊는 일 114
심장 제세동 116
행복 118

나는 이렇습니다

완벽한 날

포근한 이불 속에서
어미처럼 안아 줬다

극세사의 섬세한 물결과
미끄러질 듯 보이지만
실은 부드러움이 가득한 살결
잡념 없는 아늑함만이 나를 채웠다

붕 떠오른 가슴 안고
한 발 한 발 내디딘 출근길에
노란 국화 한 송이 날 보며 웃어 주니
그에 눈물 머금고 벅차오르기까지

완벽한 날이어라

꿈이라 할지라도
국화 닮은 다른 꽃이라 할지라도
완벽한 날이어라

날이 저물었다고
우울에 빠질 겨를도 없이
첫 보름이 대단히 빛을 낸다

어떤 것을 빌어도 이뤄 줄 것 같은
완벽한 보름이어라

보름이가 소원을 읽을 때쯤
근심 없이 다시 꿈을 헤매게 되는
아늑한 마무리까지

완벽한 날이어라.

나만 알아볼 수 있는 것

손을 쭉 뻗었고
뭐든 잡았고
손에 쥐어진 건
나만 알아볼 수 있는 것

감겨 가는 눈 틈으로
멎어 가는 숨 사이로
고동을 멈춰 가는 심박 사이로
파고들어 오는 건
나만 알아볼 수 있는 것

보면 미련 느끼게 되는 것
잠시 또렷하게 만드는 것
가장 큰 후회를 빚어 낸 것

바싹 말라 딱 달라붙은 입술 안에서
형태 없이 불려서
아무도 들을 수 없어서
흔적조차 없는 것

사실 흔적은 남을 것
흙이 되어 풀이 되어
금수가 되어 내가 되어
결국 내가 안고 있을 것

그래도
나만 알아볼 수 있는 것.

휴게시간

삼 일 넘게 태운 홈매트에 불을 붙이며
엊그제 술 취해 기절하듯 잠든 침대에
한껏 배인 꿉꿉한 내 냄새를 맡으며
무슨 의미인가 싶다

온종일 촉망받기 위해 뛰었는데
더 많은 이들의 사랑을 받기 위해
억지를 일부러인 듯 텁텁한 것들 웃으며 씹었는데

결국 작은방
시계와 달력이 제멋대로라
시간은 오래 머무르지 않고
홈매트에서는 타는 냄새밖에 나지 않는 걸 알지만
저 새끼 불쌍해서 모기조차 떠나는 방

우두커니 침대에 걸터앉아
내 생각 지워 주고 여러분 생각 넣어 주는 영상들
희희낙락 보는 게 제일 안락하다

내 입꼬리가 올라가기 위해 노력하는가
저 높이 하늘에서 보일
내가 속한 사회의 입꼬리가 올라가기 위해 노력하는가

단색의 간판을 들고
내 옆도 앞도 단색의 간판을 들고
스마일을 수놓고 있다
정작 본인은 오래 서 있어 다리가 아픈데

사회의 웃음을 대가로
내 행복 만들 것을 받는데
이거 행복 만들어야 되는 건데
행복으로 만들면
다음 것을 행복으로 만들 수 없어서
당장은 찌푸려야 된단다

그냥 나 잠깐 쉬면 안 되나
그거 사치라는데
사치품이라는데
난 명품이 없는데

그냥 행복 부품 안 받으면 안 될까
쾌쾌한 이불 위에 누워 외로움 곱씹으며
조용히 쉬면 안 될까.

괴물

췌장암 3기란다
어릴 적 다큐에서 본 적 있다
투병하시는 분의 생활
그에 눈시울을 붉혔었다

침대에서 거동조차 못 한단다
의식은, 의식은, 의식은 있단다
지금부터 손도 까딱 못 하는 사람의 서명을 받아야 한다

동정심이 느껴지지 않는다
동정심을 느끼지 못하는 본인의 모습이
애처롭게 느껴진다

의식이 있으면 절차가 복잡하다
의식만 없어도 절차가 복잡하다
차라리

췌장암 3기임을 알지만
입생로랑 크로스백이 보인다
그럼에도 굶주린 자의 피죽을 탐내는 모습이
괘씸하게까지 느껴진다

인간으로서 죽어 가고 있다
본인으로서 죽어 가고 있다.

누아르

슬랙스 위로 검은 반팔티
걸친 듯 안 걸친 듯한 빈티지 셔츠 위로
가을을 사선으로 피할 얇은 코트

죽어 버린 표정을 하고
천천히 부드럽게 걷는다, 절뚝인다

문득 평범한 곳을 뚫어져라 응시하다
머리를 쓸어 넘기며 눈을 감는다

얇은 한숨 뱉으며 살며시 눈을 뜨고
어디론가 결심이라도 한 것처럼 나아가지만
결코 그곳엔 그를 웃게 할 것은 없을 것 같다

손은 코트 주머니를 피해
바지 주머니에 억지로 찔러 넣는다

결코 이해할 수 없음을
결코 이해받을 수 없음을
그대는 온몸으로 외치고 다니고 있다

무너질 곳이 사람 품이어야 한다
망령은 당신을 붙들어 주지 못한다.

노을 끝자락

창에 비춘 짙은 노을색
천천히 떠나도 괜찮은데

엔진은 화가 잔뜩 났고
바퀴는 바닥을 세차게 긁고
노을색은 섞이고 섞여
옅어지거나 혹 알 수 없는 색이 되거나

나 내려도 되겠어
손 뜨뜻한 어머니가 내 손 잡고
아버지가 누나가 누나가
내 손 잡고 아프지 마라 다독인다

아픈 것이 아닌데
노을빛 억지로 섞이는 게 괴로워
손을 덜덜 떠는 것인데

그거 그냥 나 내려놓고
먼저 가 기다리시면 되는 것인데
내 괴로움 그리 멎을진대

사실 그래서 내렸다
모두가 한눈팔 때
벨 누르고 기사님께 묵례 한 번 하고
노을빛 사라지기 직전인 곳에서

천천히 갈 것이라 약속했는데
노을이 조금이라도 남은 곳 찾아 방황 중이다.

가시모피

홀로 고뇌하다
홀로 답합니다

나라는 필멸의 소년은
누구를 품을 수 없습니다

아니
누구를 품어선 안 됩니다

내 가슴 한 귀퉁이에
머무르게 되는 귀인은
불행에 몸서리치게 됩니다

지랄 맞은 비극입니다
내가 건네는 행복은
불행이 되어 그들을 괴롭힙니다

괴로워하는 얼굴이
눈앞에 아른거립니다

멋쩍은 웃음밖에 지을 수 없는 내가
머릿속에 그려집니다

때마다 가슴을 찌그러뜨려
아무도 머물 수 없게 만듦에도
꾸역꾸역 비집고 들어옵니다

모질어야 됨이 괴롭습니다
퉁명스러워야 함이 괴롭습니다

품고 있는 사람을
생채기 내야 한다는 게
찢길 듯 아립니다.

마스크

나는 마스크가 불편한데
서리 낀 세상은 내 것이 아닌데

맑은 세상은 내 것이고
흐린 세상은 내 것이 아닌데

나 태반 훑을 적에
이런 세상이 될 거라 귀띔해 주지 않아
평범하게 숨 쉬는 법만 배웠다

로션조차 바르지 않은 맨얼굴로
들숨 날숨 양껏 쉬어 대는 세상이
내 것이라는 말밖에 안 들었는데

마스크를 쓰라 하니
쓰지 않고선 숨 쉴 수 없다니
난 죄가 없는데
내 것을 뺏겼네.

쇳덩어리 금덩어리

사치품에 눈이 돌아간다
쇳덩어리 금덩어리
번쩍거리는 빛은
분명 그들이 내는 게 아닌데
형광등을 비출 뿐인데
해를 비출 뿐인데
제 것인 것처럼 뽐낸다

내 손목에도 두르고 싶다
차가운 쇳덩어리 금덩어리
너희를 두르고 싶은 것일까
담아내는 빛을 두르고 싶은 것일까
사람들의 오묘한 눈빛을 두르고 싶은 것일까

제 것인 것처럼 뽐낸다 하거든
내 빛이 그에 묻힐까 겁난다고
귀에 딱지가 앉도록 들었다

거울 앞에 서서 내 빛을 찾아도
형광등을 모두 끄고 내 빛을 찾아도
무엇 하나 보이지 않는데

쇳덩어리 금덩어리 두르고
제 것인 것처럼 빛내야지.

이소

깃을 다듬으며
주위 것들을 멸시했다

여기의 내음이 몸에 뱄을까
향수로 몸을 씻어 내고
다른 무리들 사이를 비집고 들어갔다

출신을 말할 때
거짓을 말하진 않지만
표정을 잔뜩 일그러뜨린 채 설명하며
곧 떠날 것처럼 굴어 댄다

깃을 펼치고
솜털이 아직 가시지 못한 곳
손으로 가리키며

이것들 전부 떨어지면
적당히 높이 날아 적당히 멀리 날아
나은 곳 찾아 뿌리내릴 것이라
추상적인 목표를 읊어 댔다

전에 없던 부끄럼 때문이다
거짓을 말하지 못한 건
난 떳떳하다 자신에게 거짓을 말한 것이다

시간이 갈수록
부끄럼은 역병처럼 내게 퍼져 가
이젠 내 터전까지 부끄러워졌다

'보이지 않던 것들이
하나둘 눈에 들어오기 시작해 그렇다'

보이는 게 늘어 가는 건 현명해지는 것인가
전부를 볼 수 없는 게 사람 눈인데
차라리 듬성한 행복만 볼 수는 없는 것인가

행복만 눈에 담거든
희미한 웃음을 머금은 맹인처럼 비치는 것인가

'부끄럼이란 선악과를 베어 문 이브의 죄이며
이는 본인이 붉게 익어 가는 과정이라 배웠다'

내 것들을 부끄러이 여기는 모습에
본인이 환멸을 느껴
탓을 돌려 이브가 모든 걸 뒤집어쓴 것은 아닐까

농익음의 상징이
내 것들을 추하게 여기는 것이면
풋내 날 때가 가장 성인에 가까운 것 아닐까

이소 철이라 이런다
이소 철이라
독립된 개체가 될 준비를 해야 하니
어떤 방향으로든 날아가야 하니 그렇다.

안아

말없이 안아 주라

등 토닥일 필요 없이
괴롭지만 날 위해 꽉 안을 필요 없이
잠시만 포근할 수 있게
그냥 위로하는 듯이

괴롭고 고달팠다
중력을 따라 굴러가며
둥글게 둥글게 마모되는 게

너무 아린데
괴로워진 만큼 더 잘 굴러가서
너무 미운데 적응해서

눈물이 너무 날 것 같은데
악어의 눈물이라 모두 속닥댈까 봐

그냥 나
한 번만 안아 주라.

미완

열렬히 사랑했음에
의심 따윈 둔 적 없지만
그대 곁 평생 머물러야 하거든
어색하여 머리서 지운다

숨 쉬듯 이리 무언가를 하지만
이 무언가가 날 어디로 이끌었음 하는
소망 따위가 떠오르지 않고

모두의 조언처럼
소망에 가위 표시 그려진
그런 지도를 억지로 그려 갈수록
머리가 지끈거리다
당장 해야 할 일이 날 옥죈다

훌륭히 날 만족시킨 것들의
완성된 모습이 보이지 않는다
나 스스로 완성할 자신이 없다

흘러가듯
모자란 부분 점점 채워질 것 같았는데
채워져 가는 것들 완벽하지 않다면
눈에 조금이라도 차지 못한다면

내 이상한 고집이 툭툭 쳐 덜어 내 버린다

그 모습에 우쭐대며
나를 진정한 사랑을 꿈꾸는 자
미완된 이 마음이야말로 진짜라 일컫는 이상주의자

진정한 예술을 써내는 자
고집이 사라지면 예술은 죽는다는
죽은 글을 써낸다면 미완이 낫다는 완벽주의자

이따위 말들로
난 다르다 본질이 다르다
부족함의 미완을
예술의 미완으로 포장하려 한다.

여명

여명을 달린다
그리 믿도록 하자

아직 뉘엿뉘엿한 수줍은 빛조차
코빼기도 보이지 않지만

곧 곧 곧 곧
저 심연의 가장 깊은 곳에서
여명이 밝고 있음을 믿는다
여명이 차오르지만 아직 뵈지 않는 거라 믿는다

이례적일 정도로
빠르게 달려가고 있는 게
꼭 빛의 씨앗을 보고 싶기라도 한 듯하지만
그럴 의도는 눈곱만치도 없다

단지 지금 걷는, 뛰는, 날아가는 길이
마음이 가서 정이 붙어서
주변 살필 겨를 없이 가는 것이다

여명과 정반대를 걷는다 하여도
길을 달리할 생각은 없다

내 손에 쥐어 든 호롱불이
기름이 닳아 간다 하여도
혹여 다 닳아 버린다 하여도
길머리를 돌릴 생각은 없다

여명은 분명 찾아온다 믿기에
아무리 멀리
일부러 달아난다 하여도
나를 쫓기라도 하듯 찾아온다 믿기에

혹은 내 혼이 다 태워진 곳에서
여명이 타오를 것을 믿기에
가장 어둔 곳을 헤집고 달린다
아니 날아간다

봐라 이리 멀리 왔어도
동이 트지 않냐
여명이 눈뜨지 않냐.

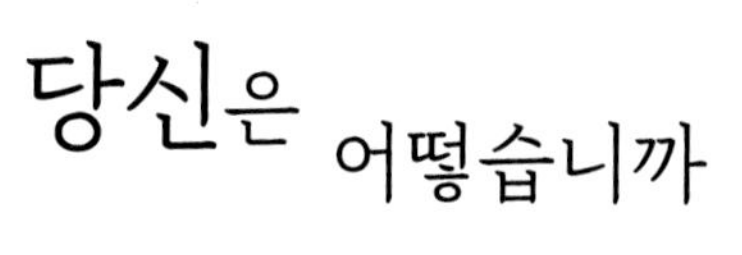
당신은 어떻습니까

조의

담배를 어찌 끊으시렵니까
제 속처럼 타들어 가는 거
담배밖에 없을진대

건강에 해롭죠 암요
타들어 가는 속 끙끙 앓는 게
더 당신 망칠까 봐 그럽니다

숨 쉬는 것들은
그대 위로 못 하리라 생각합니다
그 외마디 한숨
그 끝에 매달린 수많은 말들
살아 있는 것들이 어찌 이해할까요

묵묵히 재가 돼 버리는 거
당신 한숨과 하나 되어 주는 거
담배 한 개비밖에 없는 것 같습니다

그렇게라도
덜 힘드셨으면 합니다.

염증

잘못 흐른 것이 아니라
어쩌다 그리 흘러간 거지

그건 점쟁이도 못 맞출 일이다
본인 선택의 연속이지만
네가 선택하기 전까진 옳고 그름을 알 수 없다
눈 가리고 고른 답들이라는 것이다

이게 왜 네 잘못이냐
이 길이 곪아 터진 게 어찌 너의 못남이야
아니다 아니야
나는 불가항력이라 말하겠다

이렇게 고름 냄새 알아 가고
다음은 조금 일찍 알아차리다
그다음은 곪지 않을 길 찾게 되는
진부한 성장만화식 클리셰 같은 거지

열이 나는 건 지금보다 나아지기 위함이니
고꾸라지지 않을 만큼만
충분히 열 내고 화내고 울어 젖혀라

염증은 약으로 잡으면 된다.

세이렌의 부업

청아한 목소리를 가졌구나
노랫소리가 가녀리면서 아름답다

가수가 되고 싶었던 때가 있었나
조금 어렸을 때는 그랬겠지

당장의 웃음소리가 쾌활해 보여 좋다
그 뿌리를 바라보게 되는 순간
입에서 연기를 내뿜게 되겠지

너에 대한 막연한 동정이 아니다
너의 미련함에 대한 동정이다

선택지가 없었다
세상을 씹고 또 씹어 내는 모습에
결코 동조하지 못한다

그렇게밖에 생각할 수 없는
너의 어림, 너의 어리석음을 불쌍히 여긴다

몸이란 건 본래 가죽 덩어리인 것
닳는다 하여도 감추기 쉽지만

닳고 닳은 정신은
무엇으로도 가릴 수 없는 것
가장 괴로운 건 본인임을 이미 깨달았는가

다시금 선율이 귀를 간질인다
이 감미로운 노랫가락은
또 흉측한 그림자만을 적시겠지
그에겐 그저 축축함뿐일 텐데

짙은 그림자여
오늘 밤은 그저 침대에 누워
노래 한 소절이나 듣는 건 어떤가.

못난이 팥

햇빛을 쬐게 해 주고 싶다

빛을 찾아 멀대같이 자라는 모습
더 이상 하늘 향하거든
넌 고꾸라질 것이다
부러질 것이야

창을 열어 빛을 찾는다면
영글어 하늘 향해 자라지 않겠지
네 처음이자 마지막 소원일 수도

알고 있을까
창을 열면 쌀알 같은 서리가 몰아칠 거란 걸
빛의 따스함은 덫에 불과하여
말도 못 할 추위에 깡그리 얼어붙을 거란 걸

싹을 잘랐어야 했나
저리 괴롭게 살 것을 알면서도
알량한 책임감에
너를 고통 속에 살게 하는 것 같구나

꿈조차 못 꾸게 했어야 했나
어느 것이 더 고통이었을까
천천히 말라죽어 가는 심연
보이지 않는 빛을 찾아가는 심연

이제 내가 대신 꿈꾸겠다
끝까지 빛을 찾아라 분명 존재하니
네 서성임에 참된 답을, 빛을
네 머리맡에 몰래 가져와 두겠다

이 겨울이 가거든
그 봄날이 오거든
빛에 비랠 정도로 해님 낯 뵈게 해 줄 테니.

길쭉이 선인장

조용히 물 한 컵 받아
너희에게 나눠 주었다

주에 한 번, 목요일
너희들이 목을 축일 날이다

누군가 너희를 안쓰럽게 여겨
물을 건네려 하거든
너희들이 크게 외쳐야만 한다
"더 마시거든 저희는 뿌리가 썩어 버립니다"

말할 수 없다면 죽음을 기다려야지
내가 그들을 말리진 않을 것이다
말리는 순간 너희의 삶은 내가 책임져야 하니까

원래 말라죽어 갈 삶이었다
누군가의 간청에 의해
내 변덕 넘치는 정에 의해
손끝만 한 자비를 베푸는 것이다

선택권을 주겠다
사랑 없이 메말라 죽어 갈 것이냐
사랑을 너무 받아 배 터져 죽어 갈 것이냐

풀때기가 무슨 말을 하겠냐
후자가 되어 나 이외에 정 주지 않길 빌어라.

해

닿으면 타 버릴 거야
똑바로 본다면 맹인이 될 수도

그래 달려 나가라
떠오르는 그에게 인사하러

걔도 알걸
이때쯤 되거든
너 나 할 것 없이 모여
평소에는 하늘 한 번 보지 않던 것들이
자기 본다고 우르르 달려오니

작년에 겪었던 것들 중
미적지근한 것들 찜찜한 것들만
살짝 태워 주길 바라는 거라 생각하겠지

작년에 눈에 담았던 것들 중
미운 것 흉한 것 애달픈 것들만
멀어 버리길 바라는 거라 생각하겠지

울컥했을지 모른다
누구도 안아 줄 수 없는 본인을
멀리서나마 안아 주는 시늉이라도 하니

기대할지도 모르지
내일도 오늘과 같지 않을까
매 순간 속아 왔을지라도 이번은 다르지 않을까

혹여 그 기대에
다음 1년을 살아가는 것은 아닐까

네 마음에 담긴 괴로움들은
누가 살짝 태워 주냐

네 눈에 담긴 슬픔들은
누가 멀게 해 주냐.

나의 바다야

내 것을 버리러 왔습니다
먼 미래에 두려고 왔습니다

발목 타고 따스하게 빠져나가
점점 차가운 썰물 만나 동화되어 갑니다

갑작스러운 찬 기운이 열린 문을 붙잡고
적시는 발 서서히 간질이더니
제 핏줄 따라 따숩게 올라옵니다

어떤 열쇠에도 열리는 자물쇠인 듯해
대신 열쇠마다 다른 답을 주는 자물쇠인 듯해
제 열쇠는 그의 고독을 말해 줍니다

멈출 수 없는 고뇌
고일 수 없는 운명
달이 차오르면 해변에 머물다
달이 떠나면 그 따라 멀어지다

정다운 이 보거든
머물러 껴안고 평생을 그에게 고이고 싶은데

혹여 정인이 본인보다 일찍 떠나가거든
평생을 머무르며 그대 낮 뵐 날 고대하고 싶은데

허락은 수천 년의 기다림이며
지금 수천 년을 지나 다시 돌아온 것이라
기대감에 맞은 사람은 비워 낸 너였더라

본인은 따스한 마중물을 잃었답니다
먼저 떠난 정인 얼굴 잊지 못해
그래서 차게 다가왔다 말합니다

해서 나도 말했고
그도 말했습니다
혹여 그 사람 보거든 따순 마중물 한번 내주길
서로 부둥켜안던 기억 조금이라도 떠오르게.

장미

장미 가시에 놀아나
비련함을 맞이한 이야기를 들은 적 있다

미련하다 말했지만
혹은 두려움에 장미를 피했지만
숨 멎을 듯한 아름다움을 알게 된 지금

향을 맡을 수 있다면
눈앞에 무한히 펼쳐진 모습 원 없이 볼 수 있다면
어느 한 곳 꿰뚫린다 하여도
비련함을 느낄 수 없을 것이다

꽉 움켜쥐고
그 가시까지도 움켜쥐고
본심이 가시인지 꽃인지
판단할 수 없다 단정하고
미소 속에 흐르는 선혈과 스며드는 독소

그대의 모든 것을 알게 되었구나
천천히 굳어 갈 것이다.

더위

비바람이 몇 번 몰아치더니
표정 잔뜩 찌푸린 더위는 도망가고
은은한 시원함이 군데군데 뿌려졌습니다

무덥던 때 좋은 말 못 나왔습니다
모질다 모질어 표정 좀 펴 봐라
한도 끝도 없이 투정 부렸습니다

하늘도 나와 같은 마음이었을까
한두 방울 빗방울 흘려보내더니
여전히 찡그린 그가 건방지기라도 했는지
숨이 끊길 만큼 강한 비바람을 내리쳤습니다

꺽꺽대던 그의 표정을 보고
난 슬펐어야 했는데
너무한 것 아니냐 말리기라도 했어야 했는데
입꼬리가 올라가다
두 번째 숨 조를 때는
쾌락이라도 느끼듯 소리쳐 폭소했습니다

기분 좋게 시원한데
찜통 속처럼 가슴은 먹먹합니다
지금이라도 돌아오라 할까요
입꼬리는 아니라네요.

무지개를 등진 남자

한 번 돌아보고
두 번 돌아보고
세 번 돌아보고

무지개를 등진 남자는
틈날 때마다 뒤돌았다

뒤통수를 간질이는
무지개의 아리따움을
그는 넋 놓고 보고 싶었지만
갈 길이 바빠서

아쉬워 보이지 않은 척
저 빛이 신비로워 보이지 않은 척
내 갈 길에 비하면
네 빛은 아무것도 아닌 척
몰래 흘깃 보고 다리를 움직였다

한 번만 보자
두 번만 더 보자
옆 사람 눈치 보면서
퉁명스러운 척했다가

세 번만 보자
네 번만 보자
솔직히 너무 아름답잖아.

연민

죽어 가는 것들을 사랑한다
못내 살아가는 것들을 사랑한다

죽어감을 알지 못함에
자만하는 것들을 동정한다

언젠가 사라지겠거니와
그날을 기다리는 것들을 위로한다

콘크리트 틈을 비집고 피어오른 잡초에게
빗물에 떠밀리게 될 훗날을
바퀴에 쓸리게 될 내일을
끝없이 밟히게 될 오늘을
네가 꽃을 피우지 못할 스무 번째 잡초란 사실을
한 치도 알리지 못했다

잡초에게 품을 내준 콘크리트에게
흰 뿌리는 너를 무너뜨릴 수 없다는 사실을
수없는 두드림을 견뎌 냈었다는 어제를
넌 수십 년째 고쳐 살아가고 있다는 역사를
설명할 수 없었다

참혹함을 끝내 맞이하겠지만
그는 한순간만 느끼면 되는 것
다른 모든 때는 희망으로 채워지면 되는 것이다

참혹함마저도
옛 추억 되새김질하며 맞이하거든
눈물 속 억울함이 덜할 것이다

사랑한나
그들을 동정한다
우리를 연민한다.

만두

앓니는 날이 무딘 작두가 되어
그의 배를 으깨듯 썰어 내린다

찢긴 뱃가죽 밑으로
고기 파 두부가 한데 섞여 흐르는 기름즙이
스멀스멀 차올라 이와 혀를 적신다

역시 만두는 맛있어
이 한마디와 함께 그다음은 잊힌 채
그렇게 첫 만두는 목구녕 너머로 사라진다

두 번째 만두
세 번째 만두
같은 수순을 밟고 사라진다

속 안 터지려
얼마나 끈기 있게 피 가죽 붙들었는지

터지지 않으려 용쓰는 피 가죽 늘려 가며
조금이라도 속 더 채워 넣는 줄다리기
얼마나 거듭해 댔을지

당신들이 알아주길 바라는 건
고양이 쥐 걱정이오

잘나 보이려 주름 넣고
있어 보이려 각도 잡아 보고
덜 익었다 욕먹기 싫어 차분히 불판까지 건넜는데
만두는 맛있어 이 한마디

저기 옆에 네 번째 만두는 어떠냐
나보다 주름도 모자라고 속도 덜 넣던데

내가 낫지 그나마 응?
역시 만두는 맛있어… 이 한 마디.

스파르타쿠스

열댓 명을 홀로 상대하는 검투사는
오늘도 깊게 한 방 찔렸다

멧돼지 물소 가젤
뿔부터 들이미는 금수들을
약점 찾아 하나하나 쳐내려 가지만
수에는 당해 낼 재간이 없다

뒤에 멀뚱멀뚱이 서 있는 수렵 전문가들
난 피죽 먹으며 칼로 맞서는데
걔들은 고기 뜯으며 입만 나불댄다

눈이 멀었나
손은 두 개고 몸은 하난데
열 아니 스물 넘는 무리를 어찌 혼자 맞서나

지쳐 쓰러져 가거든
지들이 씹던 고기 한 덩이 던져 주며
같잖은 위로를 건넨다
진심인 것처럼

몇몇 본심인 것처럼 상처 보듬지만
날 병신으로 보나
나 지쳐 투기장 떠난다 하거든
멧돼지 엄니보다 날카로운 칼을 등판에 박을 거 안다

내 양손은 금수만 때려잡진 않는다
실제로 그런 적 있고.

아사한 악어새

이가 언짢다며
혹 내가 이런 것도 먹었다며
악어새를 급히 부른다

언제나 기쁜 얼굴로
찾아와 주는 그는 내게 고맙다 인사 건네며
이곳저곳 쪼아 댄다

으스대며 그에게 말한다
오늘은 어떤 고기를 먹었고
그 고기는 특히나 부드러웠으며 기름졌다고
너도 한번 그 맛 느껴 보라고

악어새는 언제나처럼
고맙다 너는 참 대단하다
커다란 어금니에 고개 박고 대답해 준다

그리고 오늘은 그의 웃음이
멀리 떠난 날이다

말라비틀어져 떠난 그의 모습에
내 이를 모두 갈아 버렸다

공복의 괴로움 잊고자
그의 웃는 얼굴 보고파
매번 먹지 않은 고기가 끼었다 말했고

그는 예상처럼 웃으며
내 허황된 말들을 들어 주었다

내가 그를 아사시켰다
내가 그를 부르지 않았다면…

아니, 아니지
그가 이기적이지 못해서다

부러진 이빨이
다시 자라날 준비를 하고 있었다.

소나무

송진이 흐르다
상처에 딱 맞게 굳었다

이는 괴롭힘 당한 것이 아니라
성을 내며 외치고
낙엽들은 스산한 소리로 수긍한다

이는 내가 도끼를 껴안은 것이라
이는 내가 칼날을 머금었던 것이라

송진이 이리 딱딱하게 굳었으니
본인은 아무렇지 않다
상처는 깨끗이 나은 것과 다름없다

포옹의 대가라면
얼마든지 더 깊은 상처가 생긴다 해도
고꾸라지지 않을 수 있다 장담한다
본인은 철인이라 최면한다

마른 잎을 감춘다
바스러지는 가지들을 숨긴다

쇠붙이를 깊이 껴안았던 날
그 자리에 한 번 더 쇠붙이를 깊이 껴안던 날
한 번 더 깊이 껴안은 날
진정 싹둑 잘린 것이구나

송진이 억지를 멈추는 순간
내 그늘 너머에서 살아가는 푸른 잎들에게
입 맞출 날이 찾아오겠구나

쓰러진 나는 어떠한 이들도
껴안으러 오지 않겠지
차가운 쇠붙이마저 이제 멀어지겠지

단지 품을 내주는 일을 사랑했을 뿐
그 대가라면 웃어야지.

단풍나무 씨앗

멀리 날아가려 이리 생겨 먹었는데
멀리 날아갔더니 뿌리내릴 곳이 검은 기름 바닥
아스팔트란다

엄마가 말했던 노루보다 빠른 쇳덩이가 다가온다

두 눈 꼭 감으면 될까요
엄마처럼 자라고 싶었는데
이 고비만 견뎌 내면 되는 거 맞죠

바닥은 차고 찝찝합니다
얼굴에는 지그재그 문양이 새겨졌습니다
이제 빗물 머금고 싹 틔우면 되겠죠

이 25번째 쇳덩이를 맞이하고 나면
저도 커다란 가지 거느리고
그 위에 솜털 같은 푸른 싹 얹었다가
가을 되면 수백의 내 아이들 뿌릴 수 있겠죠

물이 머금어지지 않습니다
빛이 보이질 않아요
빛도 머금을 수 없을 것 같아요

아직 괜찮은 거겠죠
견뎠으니 엄마처럼 될 수 있겠죠.

이해받을 수도 할 수도 없지만

미물

우월감에 빠져 있기에는
우린 미물의 티를 벗지 못했다

결국 제 욕심들이 전부
본능에서 빚어 낸 것들에 불과하다

먹고 싶고 자고 싶고
본인 닮은 흙덩이들 잔뜩 만들고 싶고
누구보다 오래 살아남고 싶다

그럴싸한 살덩이들을 붙여 놓고
본인은 우리는 각성한 존재며
다른 동반자들을 미물이라 일컫는다
본인을 지배자라고도 일컫는다

우린 선택받았을 수 있다
필멸하는 것들 중 유일히 미물이 아닐 수 있다
허나 아직은 멀었다

그릇된 것이 아니다
마음이 본능의 것을 사랑하니
우린 그댄 본인은 모자란 것이다

언젠간 만인은
마음이 본능이 아닌
이상을 사랑하는 순간이 올 수도 있다
거짓 없이 말이다

그 순간 만인은
이상을 전부 펼치지 못하는 짧은 명을 한탄하며
본인을 미물이라 칭할 것이다.

밀랍날개

하늘은
검은 선에 한 번 갈리고
두 번 갈리고
세 번 네 번 다섯 번 갈라져

하늘은
검은 그물에 담겼다

아장아장 걸어 다닐 적부터
그물에 걸린 하늘을 한 조각 한 조각
호주머니에 담아 뒀다가

올려다볼 곳 없을 때
슬쩍 꺼내서 혼자 보곤 했었다

모두 이리 살아가는 줄 알았는데
탁 트인 하늘을 보고 자란 이들은
하늘은 넘볼 수 없는 거란다

칭송할 것이고
무릎 꿇어야 할 것이라
주머니에 넣고 다니는 일은
있을 수 없는 일이란다

친근함보다는
감탄이 앞서야 한단다

머리 굵어질 적부터는
그물을 떠나 끊김 없는 하늘 아래 방황하다 보니
호주머니 속 조각하늘들이 조금씩 커져 간다

두 손으로 들기도 버거워져 가는 게
풀어 줘야 할 때가 오는 건가
그보다 내가 더 커져
더 커다란 호주머니에 그를 담을 순 없을까

그래도 평생을 그리워할 하늘은
갈기갈기 찢어져 그물에 담긴
조각하늘들일 것이다.

밧줄

철사가 촘촘히 섞여 있어
절대 끊기지 않을 밧줄

새싹이 군데군데 피어올라
나 올라가다 끊겨 떨어진 데도
아름다움을 찬양할 밧줄

철사에 손이 찢겨 피가 흐를 테고
피는 철사에 맺혀
더 단단히 엮어져 갈 것이며

내 고통과 종착에 다다름은 비례해
벗겨진 살가죽 사이를 파고들
정상의 오른 자를 위로하는 바람

바람이 치부를 스쳐 갈 때마다
피학증 환자처럼 웃을 수 있을까

밧줄 사이사이마다
새싹이 피어오르고

또 그 사이사이를 뒤지다 보면
꽃봉오리가 보이고
봉오리를 정 섞인 눈으로 쳐다보면
수줍게 피어오르는 모습

굳이 올라가야 하는 것인가
이것들 전부 밟아 가며
풀 비린내가 손에 배도록
억척스럽게 올라간 끝에

그 모두가 그리는 바람 사이로
내 눈동자 보고 피어오른 꽃잎의 진한 진액 냄새
코끝을 스치는 순간 오거든

나 다시 밧줄 부여잡고
내 머리 위에서 그 밧줄 끊어 낼 것이다
그리 용서 구할 것이다

땅에서 내 머리카락 스치는 곳
딱 거기까지 줄 잘라 내서
뱃가죽에 칭칭 감은 채
위가 아닌 앞으로

그냥 앞으로 또 앞으로
걸어갈 수는 없는 것인가.

평평하고 화목하네

평화란 건 없던 거다
누가 지어낸 것인지는 몰라도
참 말 예쁘게 만들었다

평평할 평
화목할 화
동등하면서
화목하게 어울린다

혹 동등하기에
화목하게 어울린다

혀에 달달한 말들만
귀를 간질이는 말들만
어찌 이리 잘 합쳤을까

그러니 모두 혹할 수밖에
평생을 치고받고 싸우는 것인데
숨이 붙어 있는 동안은 이게 맞는 것인데

그 강도가 약해지거나
혹 너무 강하게 눌려 바닥에 코 박거든
그것은 평화였으니라

손을 바삐 움직이며
싸움은 멋었다 일컫는다

동등함을 보면 튀어 오르려는 게 우리다
화목함을 보면 시기하는 게 우리다

평화는 위선자의 말이다
우리를 방심시키기 위한 함정이니
그들의 룰 속에서 칼을 감춰라.

2가 아닌 하나하나

다 있다
수십 년 뒤까지
본인 닮은 분신 만들 미래까지
다 담고 있는 것이다

당신 없인 살아갈 수 없지만
2가 아닌 하나하나
갑 을 주종도 아니고
기생 벌레도 아니다

원치 않았다면
증오스러운 것이라면
이는 기생충이니 잘라 내야지

좋아 그런 것인데
그건 축복이라 할 만한데
왜 실수라는 누명이 씌워진 거냐

당신의 실수를 어째서
엄한 1이 짊어져야 하는 건가
개인의 행복이라는데
엄한 1의 행복은 어찌 되는 건가

그다음의 1을 축복으로 다뤄야지
내 멋대로 찢어 낸 만큼
모든 정을 쏟아야지

그다음의 1이 알게 되는 순간
그의 죄책감은 어떻게 할 것이냐
그가 죄책감에 시달릴 테니
그 또한 찢어 낼 거냐

그럼 그다음은
전의 1이 찢어발겨졌기에
네가 온전히 살아가니
감사한 줄 알라며 호통칠 것이냐

뭐가 그리 쉬운 일인가
모든 이들은 쇠붙이에 찔리면 찢어진다

아… 쉽구나.

무르기 없다

너도 나도 모두도
원치 않았다

그래서 열 달을 고민하다
어쩔 수 없이 나왔다 치자
그래서 서럽게 울었다 치자

그 맘 부모는 일찍이 알아
성내는 너를 조용히 안았고

투정 부리느라 고생했다며
거리낌 없이 젖을 내줬다

너도 나도 모두도
그때 수긍했다
원치 않았지만 살아가자고

부모 가슴에 수놓아져 있을
까르르 웃는 젖먹이의 얼굴
네 수긍을 뒷받침하는 증거다

그러니
함부로 무르기 없기다

혹여 부모 가슴속 네 웃는 얼굴
전부 지워 내거든…

그래도 무르기 없기다.

Virtual

얼굴을 찬찬히 더듬었다
아무것도 느껴지지 않는다

네 온기
네 부드러운 솜털
네 왼쪽 볼의 곰보 자국

그래도
눈은 거짓말을,
귀는 거짓말을 못 하지
너무 예쁜 내 아이
너무 예쁜 목소리

다음 생에야 볼 것처럼 말해 놓고
일찍이 내 얼굴 보러 왔구나
너도 그리웠지, 괴로웠지

눈물이 흐르다
첫 눈물이 마를 때쯤
세 번째 눈물이 광대를 지날 때쯤

우리 애는 이런 말투가 아닌데
우리 애는 이런 옷 싫어하는데
간신히 붙잡은 이성이 무너진다

사람이, 생물이 겪어선 안 될 감정이다
너무 기다란 장대로 높이뛰기를 해서
너무 많이 떨어져야 한다

돌아올 수 없는 것인데
이성은 그걸 너무 잘 아는데
사람은 쉽게 착각을 하니
낙하산을 잊은 스카이다이빙이다

그냥… 너무 슬픈 이야기다.

당근 채찍

해답이 있는 곳에
덫이 있다

올가미가 목을 조이는 만큼
답을 얻게 되는 구조라
꿀만 핥을 편법은 없다

얼마나 숨을 내줄 것인지
덫과 딜을 해야만 한다

없이도 살아갈 수 있다
이깟 해답

존재를 몰랐다면
모든 답을 얻은 만큼의 만족된 삶을
살아갈 수도 있었을 것이다

유광이 도드라지는 검은 해답
네 존재를 알고
그 대가를 알고
삶은 목말라져 버렸다

그 자체, 덫이며 해답이며
올가미 뭉텅이의 맛은 어떨까
뒤틀린 욕구까지 치밀 정도다

무욕은 없다
합의점을 찾아본다
아니 지금 알아본다
직접 덫에 손을 넣어서
직접 올가미에 목을 넣어서

정신을 채우는 쾌락
가슴이 찢어지는 고통
일순에 하나 되어
한평생 가벼이 즐기게 되면 어쩌나.

마법의 성

비상등 초록빛
이곳을 비추는 전부다

열어서
손에 잡히는 벽을 더듬으며
가야 할 것 같은 방향으로
옅은 빛마저 사라지는 방향으로

오즈의 성처럼
누가 흰 백열등을 켜 준다면
이곳의 신비함은 사라지겠지

페인트공이
검은 페인트를 엎어 버린 곳에 도착하면

흰 물감을 꺼내
내가 아는 가장 신비한 곳
어느 골짜기의 사당
정체 모를 정글 속의 석조 건물
수없이 피를 머금었을 교당
아낌없이 그려 낸다

이제 다짐한다
어찌 걸을지

훗날의 괴로움을 상상하며
내게 힘도 실었다

신비함이 깃들었으니
불변하겠지

백열등이 켜지기 전에
비상등 초록빛을 향해 달려갔다.

종교의 탄생

영원함을 펴서
믿음의 공을 빚고

다 태워 버릴 듯한
실제로 다 태워 버렸던 토치로
영원히 커져 갈 믿음을 익힌다

윤이 나도록 익어 간 믿음은
약속의 전유물이 되어
맹약의 상징을 넘어

이것의 신성함을 잃느냐
잃지 않느냐를 전제로 한
종교가 되었다

스틱스강에 하는 맹세처럼
이 공을 걸고 하는 모든 것은
참된 것이어야 하며

거짓이 있을 시
이 믿음의 징표는
나를 괴롭히는 담석에 불과해지는 것이다

영원하기에
영원히 고결하게 만드는 것이
이 종교의 이상향이며

필연을 가장한 기적을 통해
맹약의 주인을 다시금 맞이하는 것을
나는 이 종교의 말단
영원한 구원이라 믿는다

사랑 믿음 소망
순차적으로 흘러가는 것이다.

청록의 페르소나

죽어 버린 시간
청록을 수놓던 나뭇가지들은
어둔 풍경에 한껏 기여한다

빛을 담던 시간에도
그들 가슴 한편에는
죽어 버린 시간에 일조할 준비가 돼 있던 거다

그런 줄도 모르고
그들을 일방적 찬양으로 덧칠했네
복검을 찬 줄도 모르고

이 두려움 들키면
겁내는 모습 알아차리면
더욱 거세게 나를 위협할까
실망한 기색조차 내지 못하고

가로등 불빛 근처서
청록의 시간 흔적 보며
여전하구나 떨리는 손을 감췄다

뒤에도 서 있었네
오른쪽에도 왼쪽에도
사방팔방 기다리고 있었네
점차 네 놈들이 짙어진다

들켰다
알아차림이 늦었다
죽어 버린 시간이 나를 덮는다
복검에 찔린다

청록빛에 가려 보이지 않았던
그림자의 주인공이
나와 입 맞추러 온다.

외로움

검은자 속 검은 물감은
내 눈을 빠져나가 세상을 덮었다

본능적으로 빛을 찾는다
저기쯤 여기보다 밝은 것 같은데
망상이다 빛은 내 머릿속에만 있다

온갖 것을 더듬다 더듬다
손에 찝찔한 액체가 흐른다
베였나 피가 나나

내게 알려 줄 사람을 찾아 소리 지른다
소리 지른다 소리 지른다
모두가 정겹게 답한다
그저 정겹게 답한다

비소가 덮인 듯한 내 눈동자
아무도 봐주지 않는다
아무도 묻지 않는다

온기에 의지하고 싶어
나 잡을 손이라도 찾는데
사람이 한가득인데

암전 속에서 잡아낼 수 있을까
꽉 잡았는데 혹여 아픈 손은 아닐까

기척이 느껴지면 말 걸었다
답이 들려온다
그 기척의 주인의 것인가
저 멀리 있을지도 모르는 이의 것인가

기척의 주인은 농아일지도 모른다
온몸을 움직여 수화를 해 보지만
다른 이의 말에 답하는 내가 얼마나 답답할까

믿지 못한다 무엇도
기척은 멀어져 간다
붙들어 두고 싶지만 실체는 있었을까

기척이 느껴져도 말 걸지 않았다
피해 멀리 달아났고
등불만을 찾는다 검은 물감을 주워 담는다

검은자가 짙어진다
한 줄기 빛이 보인다 밝아진다

엎질러진 물에 손이 적셔져 있었고
주위에 수많은 사람이 내 손 잡고 있었다
걱정 섞인 말들에 감동하는 척했다

내 손 잡은 여러분이 하는 소린가
저기 저 멀리 계신 분이 하는 소린가

아까의 농아를 찾는다
그를 꽉 껴안아야 한다
그만이 본질이다.

우린 노력합니다

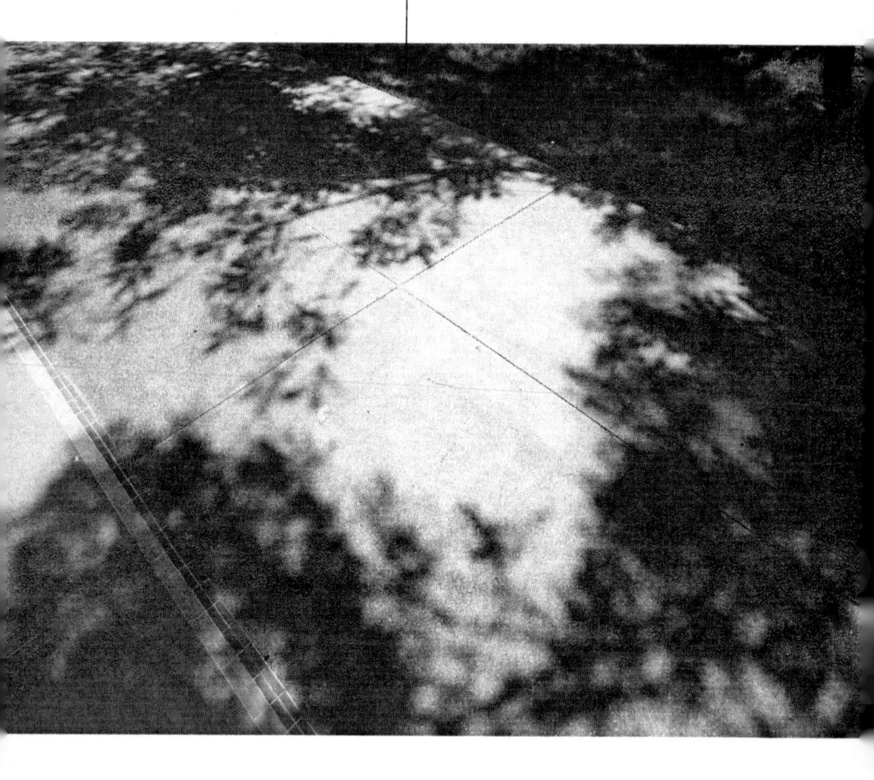

길

우린 처음 만난 순간부터
알고 있지 않았냐

우리 모두 탄탄대로를 걷는
세상이 우러러보는
그런 삶을 살지는 못할 것이라고

우리가 밟을 땅은
저기 저 고가 도로 위 아스팔트가 아닌
여기 중간중간 이빨이 나가 있는 아스팔트
혹 굽이 굽이진 흙길 같은
비교적 거친 땅일 것이다

불운하다 묻는가
혹 불공평하다 묻는가
아니 천운이라 답한다

네가 길 잃거든
내가 알려 줄 것이고

내가 홈에 걸려 넘어지거든
네가 날 일으켜 세워 줄 것이고

우리가 구덩이에 빠지거든
서로 발 디뎌 가며 올라올 것이니
어떤 길을 가도 두렵지 않을 것이라는 말이다

느리고 버거울지라도
우린 어떤 길이든 갈 수 있을 것이다

네가 못났고
내가 못났고
모두가 못났으니
시샘이란 비열함 없이
어디든 어깨 감싸며 걸을 수 있을 것이다

한 가지만 약속하자
쉽게 고개 숙이지 마라
우리 모두 숙이는 것이다

한 가지만 더 약속하자
네가 고개 숙여야만 하거든
모두 함께 숙여 줄 것이다.

다른 우리

사람이 다르니까
매번 같은 생각을 가질 순 없지만

우린 살아가는 게 비슷했고
그 장소가 같았기에
늘 같은 생각을 할 거라 단언했었다

성인이 되어감에
우린 삶이 달라지더라
장소 또한 다른 곳을 살아가고

당연한 순리인데
솔직히 너희가 없는 삶이
어색하면서 불편했었다

그에 따라 벌어져 가는
서로 간의 생각의 거리 또한
이해해 주는 척하며 미워했었다

티 내면 안 됐는데
미처 붙잡지 못한 본심은
미안하면서도 어찌할 수 없더라

이젠 나이가 들어서 그런가
아님 너희가 한없이 착해
나를 자연스레 교화시켜 준 건가

다르게 뻗어 가는 생각들이
하나하나 이해되기 시작해
미움 대신 응원을 더해 주고 싶다

사람 간의 차이를 깨달아
서로의 생각을 이해했다기보다는

우리니까
서로의 생각을 이해하게 됐다

나와는 다른 생각을 갖고
다른 세상을 살아간다 해도

언제든 그 세상에
우리를 도우러 갈 것이다.

성장통

솜털을 흩날리고
보조 바퀴 같던 오랜 벗
여섯 번째 손가락
짤따란 꼬리가 떨어져 나가고
본인은 쑥쑥 자라나기 시작한다

온 곳이 아리고 쑤신다
떨어져 나가는 것들은
조금이라도 더 아프게 나가려 발악하고
아물어야 하는 것들은
어떻게든 피를 더 흘리려 노력한다

새로이 자라나는 것에
별거 아닌 듯 익숙해져야 하는데
어색해서 거추장스럽기만 할 뿐

커 가는 놈들이야말로
지금의 나, 평생의 내 버팀목이 될 것인데
여섯 번째 손가락처럼
짤따란 꼬리처럼

언제 그랬냐는 듯 떨어져 나간다면
나 무엇을 믿을 수 있을까
나 서 있을 수는 있을까

얼마가 지나야 안정이 올까
얼마를 잃어야 무뎌질까
얼마나 다뤄야 익숙해질까

솜털 있을 적도 겨울은 춥디추웠는데
맨살로 어찌 이 겨울을 날까.

또 사랑합니다

나만 무너질 사랑

타들어 갈 듯한 사랑은
진정 타들어 가는 것이다

별빛들 중 유달리 빛이 나
너와 함께한 것이고
그 빛에 모든 걸 내던질 다짐 했기에
나 그리 미련한 것이다

이리 파멸적인 다짐임에도
진정으로 원하는 것은 순수
어느 사춘기 소년 소녀의 장난 같은 입맞춤
이 한 번에 작열감은 축복이 된다

별의 소리에 화답하기 위해
별의 빛에 기여하기 위해서라면
자기 파괴적인 일은 무엇이든 할 것이다

그대가 부담 갖지 않도록
오색 천을 뒤집어쓰고 본인을 깎아내릴 것이다

사실 다디단 별의 조각,
그대의 화답은 덤 같은 것이요

내 마음이 그대를 위했다는 사실만으로
못난 눈에게 가장 아름답게 빛나 준 별을 위해
본인이 조금 무너졌다는 사실만으로

무너진 마음 보듬으며
평생 미소 지을 수 있다.

뜨거움을 잊는 일

손 닿으면 녹을 듯한 뜨거움
어찌 그를 안고 살아가나

모닥불 빛에 뛰어드는 나방처럼
빛이 좋아 열기가 좋아
날개 끝이 타들어 가는 줄 모르고 있다
더듬이마저 잿가루가 될 때
은은한 달빛 찾아가게 된다

차라리 이처럼 깊이 데었다면 후회조차 없을 것
너처럼 비라도 내려
불길이 닿기도 전에 꺼져 버렸다면
이 얼마나 통탄할 일이냐

작은 날개로 헤아릴 수 없는 빗물 막아 보려
이리저리 흠뻑 젖어 뛰어다녔을 것 생각하니
애처로움이 목 끝에서 턱 걸린다

그럼에도 본인을 자책한다
껴안았더라면 타 죽었을 것인데
한여름 장맛비는 하늘의 심술인 것인데

무엇이 너의 잘못이기에
은은하고도 영원한 달빛 품는 일 망설이는 것이냐

님이여 아쉬움이라 말하지 마라
님이여 애정의 유언이라 단정 짓지 마라
오직 하나뿐이었고
오직 하나뿐일 것인 이에게
다음 생을 기약하는 일이다

눈이 부셨고
그의 품에 있었고
검은자 전부는 그를 비췄고

이제 꺼진 모닥불을 비추고
검은자에 사라지지 못할 잔상 애써 무시하고
하늘에 떠 있는 저 달빛
고개 들어 지긋이 바라보는 일

뜨거움을 잊는 일.

심장 제세동

심장을 가져도 좋다
날 사랑하니까
이것 하나로 충분하다

무한히 계속되는 가을과 겨울 그 사이
어설프게 추운 날씨 속
얇은 코트를 입은 남자

헐벗으면 추울까 봐
껴입으면 너무 더울까 봐
바람이 숭숭 들어오는 코트를 입은 남자

지금이 지난다 해도
겨울이 올 거란 걸 아는 절망
이는 내가 안고 갈 삶이라 체념했다
서서히 가슴부터 얼어붙었다

겨울이었다
여러 겹을 입었어도 덥지 않았겠구나
과거를 자책했다

겨울이 아니었을 수도 있다
다만 가슴이 녹는 봄이 느껴지니
전은 겨울이 맞겠지

그대가 녹인 가슴은, 심장은
내가 이미 가을에, 겨울에 버린 것이니
살아난 지금
그대의 것이나 다름없다.

행복

홀로 남았을 때
미칠 듯 행복한 순간은
옷깃 혹 소매에 밴
당신의 향을 맡는 순간입니다

이는 어떤 소년이 찾은
천의 향을 담은 향수가 아님에도
천의 향을 담은 듯 정신이 아찔합니다

오래도록 아찔하고 싶습니다
행복이 만연해지면 당연함에 취한다던데
만연해진 행복 하나하나에 감사하는 삶
이는 제가 추구하는 삶입니다

이런 내 모습
당신은 의심 없이 사랑해 줍니다

이런 행복
당신에게 보답하고 싶습니다

예쁜 꽃을 쥐여 줬습니다
당신이 사랑받고 있다는 걸
이제 세상 모두가 알 수 있을 겁니다.

나는 이렇습니다

당신은 어떻습니까

이해받을 수도 할 수도 없지만

우린 노력합니다

또 사랑합니다

고독은 낮은 허들일 뿐입니다.